흙은

내

밥

열/린/시/학/정/형/시/집 162

흙은 내 밥

최정남 시조집

고요아침

시인의 말

/

수줍게 연두 잎을 내민 지가 엊그제인데
슬그머니 초록 물감을 풀고 있는 앞산 뒷산
그 속에서 울고 웃고 글감이 되었으니
이제야 이 골짝 귀신이 되어도 좋으리라
시는 언제나 나의 자존심이었고 나의 비상구였으며
올바르게 나를 이끌어준 나의 종교이기도 하다
앞으로도 그를 의지해 삶이 이어지기를 기대한다

2021년 5월
최정남

차례

/

제1부

제2부

제3부

제4부

제5부

제

1

부

초록 아파트

죽순 밭 무인 아파트 기초공사 끝내고
드디어 세상 밖으로 조감도를 내밀었다
시공사 이름도 숨긴 최첨단 건설현장

날마다 층을 올려 분양이 코앞이다
자연이 보시하는 든든한 무상 아파트
동그란 방만 있어요 거품 없앤 원룸 투룸

가부좌 반지하는 벌레에게 내어주고
바람 잡는 중간층은 은밀히 분양해요
오십층 꼭대기에는 구름 햇살 세를 놓고

죽순 장사

대 장사 죽순 장사 삼대를 내리해도

지하 일층 기초공사 백년이 모자란다

자연에 맡긴 내진 설계 요새중의 요새다

세상은 변하는데 고집은 대쪽 같고

집 한 채 못 올리는 곤궁한 살림살이

베지도 키우지도 못할 시대의 낙오자다

눈치 없이 올라오다 애물단지 뽑혀간다

곧은 정절 오기 부려 가문을 못 지켰네

오죽도 늦죽도 모두 떨이로 처분한다

메주 속 꽃밭

장작불 아랫목에 메주를 묻어놓고
낚시하듯 지푸라기 곰팡이를 유인한다
뒤집고 어루만지면 손금에도 어리는 꽃

바람에 눅눅한 몸 물기를 걷어내고
처마 끝 메주 열매 소문처럼 무성하다
햇살에 녹은 가슴이 매화꽃을 피운다

터진 살갗 구석구석 소금물로 살균하고
항아리 속 신접살림 알콩달콩 발효시간
한 바퀴 지구가 돌아 완성한 생이 된다

연두

게으른 듯 무심한 듯 느긋함이 사려 깊다

엊그제 붓 들더니 캔버스가 꽉 찼네

맨 처음 눈을 맞출 때 가슴이 철렁하던

화실은 소통의 장소 바람과 새들 천국

밤낮으로 살펴봐도 네 붓끝 본적 없다

진자리 덜 아문 상처 잎들로 채웠구나

소풍가듯 차려입고 연두 전시 구경간다

붙어라 그리움 기다림 서러움들아

친구들 거기 놔두고 설렘과 바꿔온다

딸기 주스

지독한 겨울이 보석으로 풀려나
서늘한 긴장이 새콤달콤 죄 모른다
봄빛이 말동무 삼아 함께 잔을 부딪치고

오후의 졸음 풀린 마른 햇살 두 스푼
고향 벤 냄새와 이삭 같은 이야기 몇 알
불그레 노출시킨 속살 은밀하게 입 맞춘다

나무의 지문

살을 다 내어주고 가문의 뼈를 지킨
삶 보다 긴 주검이 말을 할 듯 걸려 있다
철저히 그를 증명할 주민등록 지문 같은

제 태생은 산 속의 아름드리 나무였지만
물에 잠겨 수십 년 한 생애 비에 젖어
하루도 빠지지 않고 생살을 내주었네

상형문자 시대로 회귀한 몸의 지문
깊숙이 남아있는 조상의 체취까지
아직도 깨닫지 못해 면벽에 걸려 있네

달밤, 송아지 울다

소를 팔고 며칠 밤 벽을 보고 끙끙 앓네
쇠심줄 질긴 근성 감추고 장에 가네
자식을 입양한 아비 어깨가 우쭐하네

평생 제 밥상 차려본 적 없는 사람
돌배기 아기보듯 극진하고 살뜰하다
함께 갈 도반이던가 놓은 힘 다시 찾네

어미 떠나 처음으로 목 놓아 울어본
달빛이 살구꽃보다 하얗게 핀 밤
퍼지는 만 갈래 울음 봄밤도 목이 메네

내가 사랑한 시간들

오롯이
내 몫으로 앉아 있는
눈 먼 시간
고요가
절망의 한 켠에 싹을 틔워
육신의
경계를 허무는
저 아득한 유년

제일 작은 옹달샘에
고이는
시장끼
내가 나를 벗기면
발끝까지 부끄럽다
저 별에
주소를 옮겨
한번쯤 살고 싶은

가끔 너는
내 애인
밤중에도 만나주는
내공이 깊은 찻물
뜨겁게 입 맞추면
전율이 도착하는 곳
뜨거워진 심장이다

뜨개질 심법心法

지독한 미움이 고삐 풀려 날뛰는 날
코바늘에 실을 꿰어 정신없이 돌려보네
양순한 암소 한 마리 내 안으로 끌려오네

글을 쓰듯 올을 풀어 빼고 치고 엮다보면
한 차례 순배를 돈 차 받침으로 품격 있네
마음을 다스리는 스승 가까이에 계셨네

살금살금

홀로 출산한 복수초 노란 배꼽
첫 생명을 얻은 내 아기의 노란 똥
정월은 어미가 되어 물오른 가슴 뜨겁다

연한 속잎 뾰족뾰족 엄마 찾는 눈빛이다
잡초도 귀한 생명 대접 받는 딱, 지금
흙속엔 제 이름표 달고 금줄 앞에 대기 중

실새삼

네 뿌리를 본 사람 아무도 없지만
성깔 있는 가문보다 기세가 등등하다
세상을 다 감고 말듯 신나게 돌고 돈다

빈 어깨 내려앉는 보내고 맞는 계절
실새삼 오랏줄에 목숨 건 콩밭 풍경
손톱이 너 죽이는 무기
끝이 없는 전쟁터

해마다 그 자리에 어김없이 나타나
제 젊음 모두 바쳐 한 생을 놀다 간다
콩 잎이 노랗게 물들면
씨 한 톨 묻는 행복

* 콩과의 식물 밭에 나는 잡초.

마지막 애인

어둠에 멱살 잡혀
하루의 끝에 앉다

은밀하게 마음 나눌
찻물 우리는 이 시간

뜨겁게 가슴 달구는
가장 작은 풀무여

댓바람 지켜온 수백 년 야생의 밤

끊어진 안부 하나 찾아가는 물소리

온몸에 퍼지는 소문 밤마다 열애중

늙은 농부

기역자 굽은 허리 하늘을 업고 산다
부끄럽지 않은 훈장 날마다 실전 연습
농부는 천형의 직업 뼈마디가 가르친다

속 모르는 자식들 그만해라 노래하고
외로움도 병이란 걸 저 나이 어찌 알랴
배운 것 이 짓뿐이라 손 놓으면 저승이다

늙었다고 싫다하네 섬섬옥수 바친 손길
한 생의 고해성사 자갈밭에 풀어놓고
서러운 허기 채워준 흙은 내 밥이었다

화산 폭발

거류산 꼭대기에
화산이 터졌다
하늘을 찌르는 굉음 소리 났을 텐데
시뻘건 불길을 덮은 연기만 피어오른다

정면에서 펼쳐지는 구름 장면 장엄하다
바람도 놀라서 숨죽이고 멈춰섰다
한 순간 구름의 연기 하늘을 압도한다

그리움

눈 감고 청하는 잠
만 리 밖으로 달아나고

어둠의 강을 타고
둑을 넘는 슬픈 회억

그 세월
못다 푼 한을
모두 주려 오셨는가

내 옷깃 냄새까지
너는 알고 찾아오네

쫓아내고 미워해도
목숨 보다 질긴 것을

잠드는
내 영혼 까지
파고드는 그리움

제
2
부

객귀 客鬼

해질 무렵 지석묘 주위의 벼를 베다
잠시 일손 놓고 그 무릎에 앉았네
차가운 돌의 온기가
전율처럼 나를 읽네

엉덩이에 깔린 객귀가 따라왔나
발가벗은 칼 든 강도 오장까지 들어왔나
엎드려 살려달라고
속 욕심 다 내놨다

마지막엔 홀로인 것 대신할 수 없는 것
남은 힘 한 줌 소금을 뿌려라
하얗게 눈발 날리듯
흩어지는 생의 온기

염치도 양심도 남아있지 않을 때
총 맞은 짐승이었다 저, 문 앞 헤매다 온
어느새 잠들었던가
멀쩡하게 일어난 아침!

살풀이굿

밭두렁에 버려둔 폐비닐에 동티가 났다

입춘이 지나자 이상한 소문의 바람

기어이 어제 밤에는 살풀이굿을 한 모양이다

지신은 잠재우고 목신에게 비는 건가

나뭇가지 부여잡고 펄펄 뛰는 찢긴 비닐

해종일 못 떼어내는 성난 목신이여!

2월 할만네

붉은 흙 한 덩이 대문간에 모셔놓고
잡귀는 물러가고 악귀는 소멸하소
부뚜막 밥상 차려놓고 바람 할매 먹이셨다

이월 상날 비나이다 내 아기 건강하고 내 아기 귀염
받고 이녁도 이 가정도 모두다 태평하소 쪽머리 소복 입
고 새벽마다 새물 갈아 새 소원 빌 적마다 한 장 두 장
소지素紙 올려 하늘로 보내시네 바람 태워 보내시네 막
힘없이 잘 타니 바람이 잦아들까 타향살이 떠난 자식
챙겨주고 보살피고 올 농사 가가대소 풍년 들게 하소서
그믐날 딸 데리고 곱게곱게 오르소서 또 한 장 소지 태
워 된바람에 비나이다

바람 멎고 꽃 피는 건 어머니 덕분이지
이월 바람 심술 바람 봄나물에 풀리실까
지금은 없는 그 밥상 울고 간다 바람 할매

부고

이문호씨 부고요
억새 같은 부인 눈물
함께 드나들던 그 번지 그 문패
십 여 년 단물 빼먹은 아비의 죽음이다

영감님 영안실에
아홉 매듭 묶어놓고
부리나케 달려와 벌에게 고하였네
출상 날 하얀 두건 쓰고 상주 노릇 했다카이

제 집 일인데 별일이야 있을라고
초상 집 다녀오면 틀림없이 부정 탄데이
벌 벌 벌 달아날까봐 영감님 홀로 떠나셨다

종부 자서

나무 되고 숲 되라고 먹물 먹여 보낸 아비
오지게 아귀 맞춰 부모 할일 다 했다고
봄 논에 우는 개구리 나 인줄은 몰랐지예

달라도 너무 다른 고부의 걸음걸이
그림자 밟고 가다 얼굴마저 닮았다네
시절에 꺾인 모서리 슬며시 오금 편다

산적 생선전 문어 오려 장식하고
달마다 찾아오는 기제사 봉헌하다
어머니 기역자 허리 나에게 물리셨네

여름 벌초 가을 시제 사나흘 쓸다 닦다
모반에 음식 올려 스무 번도 오르내려
제삿날 오시는 걸음 인사치레 한 짐이고

가문이 노할 일 일부종사는 해야지
아버지 대들보로 근엄하게 내다보시고
되었다 되었다 하시며 깊은 잠에 빠지셨다

내 안의 마을

마혼 즈음 그냥 살까 따로 살까 바람 든 무
아이는 도토리처럼 굴러다녀 밟히고
숲속의 솔가시에 앉아 뻐꾸기로 울었다

외롭거나 슬플 때 찾아가면 거기 있는
속풀이 고자질에 하늘이 두 쪽 나길
오늘도 아무 일없이 한 방향 보고 늙네

눈 감으면 환하고 캄캄하면 찾기 쉬운
어렵던 아버지 풀린 눈으로 다가와
엄마는 내가 책임질게 지금도 듣고 싶은 말

내 안 마을에는 내가 가야 잠을 깨고
삶과 죽음이 어울려 낮과 밤이 한통속
제 살 곳 아닌 난민도 숨죽이고 사는 곳

살아있는 월이

가을 사루비아보다
월이 사랑이 더 붉더라
선 하나로 넘친 강물
수장된 물귀신들
월이는
지금도 살아
그들을 증언한다

청둥오리 헤엄치다
막힌 물길 막막하듯
왜선들 우왕좌왕 아낌없이 통쾌하다
비겁한
저 광이들을
지금 딱,
월이여!

폐가

오래 묵은 초가 한 채 배 씨 할매 주웠다
기우뚱 무너지는 삭정이로 남은 피골
귀신이 살았음직한 그 집이 횡재했다

갈 곳 없어 못 떠난다 막무가내 주저앉아
비슷한 연배끼리 상생법을 찾아 나선
목숨 건 심폐소생술 일어서는 집 한 채

기울어진 몸속에 청춘을 숨겨놓고
불볕에 타오르는 질긴 생을 이어놓고
풀 하나 뽑은 자리에 남은 세포 이식한다

목련나무 조문

네 가슴 벙그는 날 나도 반쯤 정신 잃고
수 만 번 눈 감아도 그 자리 눈부셨다
이맘 때 우리 사랑이 하얗게 피었는데

당신이 너무 높아 바라보기 두려웠네
그림자는 해마다 영토를 넓혀가고
더 이상 못 참겠다고 장독이 떠난 데서

간장 된장 민초들이 독 안에서 독을 품고
거품 물고 그늘 위로 구름처럼 몰려온다
누구를 지켜야 하나
아!
너에게
곡哭하다

호미

달그락 소리 나는 어머니의 자갈밭

새벽녘 밭고랑에 이슬처럼 내몰려

온종일 골진 엉덩이에 풀물을 들이셨다

몇 개를 갈아치워 적멸의 무덤을 판 셈

한 몸이라 여겼지만 한 생이 여기까지

그 어미 일손 놓던 날 뼈도 삭고 쇠도 삭고

빛과 어둠 사이

두 사람이 가고 두 사람이 쓰러졌다
불행을 장신구처럼 눈에 코에 다는구나
쓰러진 아버지를 두고 딸이 먼저 길을 여네

사연 없는 죽음이 어디에 있겠느냐
술 잘 먹고 쌍꺼풀로 세상 눈 크게 뜨더니
한 호흡 그것을 놓쳐 형을 무릎 꿇게 하네

이 몇 줄 글 써놓고 당신들을 보내는가
밥 먹고 잠을 자고 할 일은 다 하지만
죽음이 더 익숙한 오늘 내가 설 땅이 없네

눈을 감아라

네가 왜?
네가 왜?
벼락 맞은 몸뚱이가
뒤뚱이며 따라가다 새벽녘에 눈을 뜨네
순서가 없다는 것이 산자의 슬픔이다

같은 병을 앓고도
내가 남아 배웅하네
다 못쓴 젊은 나이 마디마디 피울음
못 본지 오래된 네 모습 저승길 안부를 듣네

마지막 검진

포기도 희망도 내 몫이 아니었다
흙 한줌 움켜진 풀포기의 질긴 근성
너에게 가는 이 길이 갈대처럼 흔들렸다

슬픔과 기쁨이 한솥밥을 먹으며
한 이불 속에서 친한 척 내기를 하네
중립이 가장 힘든 일 나를 던져 지켜냈다

생살을 이간질한 상처를 용서하고
한 몸으로 살아온 탁류의 시간까지
깨끗이 나를 증명할 검진결과
"이상 없음"

밤 비

마른 귀 적셔주려
어둠 타고 오시나

미금 낀 마늘밭
씻어 주려 오시나

별빛도 꿀꺽 삼키고
시치미 떼고 오시네

꿈속 같은 배경으로
임 같은 느낌으로

잠재우려 오시나
잠 깨우려 오시나

새색시 부끄럼 타듯
내 가슴
파고드네

제

3

부

엄마를 찾습니다

자식이 자식 낳으니
엄마 찾는 일 없는데
다리 뻗으며 엄마!
돌아누우며 엄마!
관절이 진통제처럼 엄마만 찾습니다

엄마는 그대론데
나만 나이 먹어
이제야 들려오는
당신의 신음 소리!
관절이 회초리 맞고 반성문을 올립니다

오월의 젖무덤

젖 달라 보채듯이 찔레꽃 속 파고들면
가슴속 가시덤불 숨기고 웃는 모습
붉은 젖 내어주시네 꽃잎 한 입 물리시네

보고 싶다 보고 싶다 서로가 보고 싶어
오월이면 그 자리 봉분처럼 솟아나
미어진 옷섶 사이로 눈물 왈칵 보이시네

어머니의 우물

몇 대를 그 물맛 허기진 배 채워왔네
제일 먼저 일어나 새벽 입술 나누더니
날마다 자화상 보며 당신 혼자 늙어갔다

등 굽은 그 어미 밑바닥에 홀로 남아
아침마다 세숫물 떨어지는 눈물 받아
아들의 그림자 품고 삭여내는 시린 가슴

노모

밥 많이 해 숨겨뒀다 들켜서 울었다
날계란 꺼내려다 깨뜨려 울었다
있을 때 아껴야 한다
뱃속도 울었다

숟가락 밥그릇 몇 개인지 헤든 총기
남향 볕 긴 해가 한 세기를 돌고 있다
기상은 먼 길 떠나고
검다 희다 말이 없다

다시 쓰는 억새의 유서

황톳물 얼룩이 진 옥양목 바지 자락
이 논두렁 저 물고에 백발로 서 계시는
아버지 빈 곳간을 보고
저리 섧게 우시는가

풀 맥인 두루마기 풀잎도 무릎 꿇던
그 풍채 간데없고 바람 끝에 흔들리는
못 뵈온 시간의 흔적
가슴을 에입니다

천둥치듯 이승 소식 감긴 눈이 번쩍 띄어
자식은 애물단지 예까지 부는 바람
붓 잡고 허공에 쓰네
못 끊을 인연 한 줄

유년의 빨래터

무덤처럼 엎드린 초가지붕 너머로
옷 벗은 나무들이 그림자로 달려온다
물낯에 입맞춤하는 악동들의 놀이터

어머니 잔소리 머리 위로 쏟아지고
개울물 화가 나서 흙탕물을 풀고 있다
그림자 시침 뚝 떼고 무안하여 달아난다

잿물에 초벌 씻은 무명옷 한 통 푼다
개울물 짐짓 놀라 얼굴빛이 새파랗다
햇살이 터진 손잡고 호호 불던 한 나절

그때 그, 밥

머리가 희어지면
밥 색깔도 눈부셨다
한 두 숟갈 남기시던 할머니 밥 먹으려고
날마다 밥상머리에 반찬처럼 놓인 아이

새치 같은 아버지 밥
가장의 허물 같은
두루마기 매달린 식솔들 늦은 저녁
아랫목 묻어둔 밥그릇 발소리만 기다렸다

고모

벌벌벌
말괄량이 고모가 있었다
나를 업으려고
싸움에서 늘 이긴 고모
나면서
생애 최고의 전성기로
등장한 나

아홉 살 차의 고모가
시집을 갔다
네 살 작은 연하에게
세상을 가르치며
벌벌벌
억센 고모도
한 남자의 아내였다

나이 들어간다는 건
다시 돌아가는 것

칠십 년을 되짚어간
시간 속에 멈춘 나이
여든의 늙은 고모도
그때 그 아이였다

데이트

50대

보폭이 물고기 꼬리처럼 싱싱하다
말벌처럼 어떤 힘이 주위를 제압할 때
일상의 대화법들이 청춘을 넘나든다

60대

문득 놀라 산만한 뒤꿈치를 돌아본다
한발 느린 저 거리의 외로운 시장기
빨리 온 환절기처럼 온몸이 긴장한다

70대

이심전심을 주고받는 각별한 사이인가
보다 못해 자갈길이 갈갈갈 말을 거네
두 다리 휘청거리는 저 각도 만큼의 오후

칠십 킬로로 달린다

달이 뜨면 밤새도록 보고 싶다 불러내고
비가 오면 문 밖에서 빨리 자라 잔소리
어머니 자식 걱정은 그곳서도 여전하네
서럽고 괴로워도 피할 방법 터득했고요
반쯤 속은 세상이 따뜻한 이불 속 같아
당신의 걱정거리가 심심할 때가 되었죠
게으름은 나의 무기 매사에 뒤죽박죽
정신이 훅, 드네 칠십 킬로로 달려야 하니…
한 생각 풀고 가는 길 첫 마음으로 갈게요

귀가

자갈밭 출석부에 호미 날로 서명하고
누대를 같은 자세 퍼질러 앉아본다
햇살은 제 살을 먹고 질식하듯 늘어졌다

살자고 하는 짓이 잡초 뽑아 거두는 일
선택은 내 몫 아닌 원초의 방식일 뿐
그늘진 목주름 퍼며 나간 영혼을 챙긴다

시든 잡초 풀린 다리 휴전을 협상하고
모반에 들지 않고 휘청휘청 일어선다
한 마리 눈먼 땅거미가 나를 끌고 귀가하는

선산에서 새해맞이

어저께 뜬 해가 똑같이 떠오르네
풀죽은 그믐밤과 전혀 다른 새해 아침
욕심을 부려봐도 돼? 딱 하나만 들어줘!

부모님은 땅속에서 우리는 지상에서
한곳을 바라보며 그 소원 함께 비네
조상님 모두 모시고 해를 보는 원년이다

눈물에게

파도 파도 더는 나올 눈물이 없다고
슬픔이 기쁨에게 미움이 그리움에게
아무리 문자를 보내도 눈길 한번 주지않네

날마다 두레박 눈물 같은 밤을 지새며
천 미터 지하수로 옷깃을 적시었네
젊음은 나를 움켜쥐고 죽자 살자 울리더니

가장 힘들 때 가슴을 품어준 위로였고
불멸의 에너지 시심의 원천이었네
함부로 써버린 눈물샘 시도 함께 말라간다

단풍의 나이

생의 정상과 산의 정상을 미련 없이 태우고
가볍게 몸을 푸는 칠부 능선 굽은 잔등
노을도 제 모습 같아 한 몸처럼 뒤척인다

가다가 돌아보면 아름다움 배가 되고
지나간 시간들은 그래서 그리운가
화들짝 인기척에 놀라 별 한 잎 떨어진다

지구의 하나뿐인 이름 모를 고갯길
단풍과 나 사이 잔영이 이어주는
어깨를 나란히 하면 단풍물이 곱게 들까

겨울밤

내 영혼 찾으려
뒤척이다 밤을 새면
잡힐 듯 달아나는
이슬 같은 그리움
밤마다 그걸 먹으며
허무로 채우는 배

뜨락에 쌓인 적막
문고리 흔드는 밤
임 없는 초승달
나를 안고 보쌈한다
들킨 맘 혼자 감추려
나는 풀고 너는 감고

제
3
부

개회선언

지구촌 대표 깃발 축제를 빛낸 내빈
어느 시골 경로잔치 세계가 들썩인다
바람이 무릎을 치자 취기 어린 만국기

동네 이름 팻말 앞에
굽은 등도 주름살도
봄기운 열아홉 꽃밭
발바닥이 들썩인다

"개회를 선언합니다"

백발 위에 터지는 폭죽!

4월의 눈

어떤 경우에는 사월에도 눈이 내린다
시커먼 사내의 입속에서 뿜어내는
꽃눈의 아찔한 풍경
지구가 흔들한다

사내에게 송이송이 매달려 있을 땐
애인이었고 딸이었고 완벽한 어머니!
지금은 꽃이 아니라
영혼이 잠들 시간

절정이 마법이다 절제가 불가능함
유리창을 넘어온 유혹의 눈사태
눈 뜨고 정신 빼앗긴
저 가벼운 낙하의 힘

솔섬 진달래

올해는 꼭 화전을 부쳐 먹으리
어렵지 않은 일을 어렵게 결정하고
바람이 부는 쪽으로 귀를 열어놓았다

솔 그림자 먹고 자란 가엾은 새댁 허기
파도 소리 달이 뜨고 파도 소리 터진 망울
붉게 쓴 연서를 읽다 발걸음 휘청한다

입술 곱다 예쁘다 솔섬 진달래
슬쩍슬쩍 훔치려다 미투 될까 멈칫한다
바람이 잠행중이라 빈손으로 돌아온다

꽃잎을 쓸며

내 젊음
송두리째 빼앗긴 적이 있네
별을 보듯 너를 흠모한
운명 같은 밤이 있네
모든 걸
다 바치고도
지워야 하는 슬픔이 있네

지난 가을
켜켜이 벗어놓은 낙엽 위에
물기가 남아있는
네 살갗을 포갠다
마당이
온기를 끌어안고
꽃잎 놓아 주지 않네

한 남자의 연인으로
뜨겁게 살다가네

한 여인의 그리움이
낙화로 쌓여지고
스님의
다비장 같은
저 거룩한
불꽃놀이

전어회를 먹다

회를 먹으면 잠시 죄짓는 기분이다
알에서 갓 나와 겨우 눈뜬 어린것을
어두운 동굴 속으로 자꾸만 밀어 넣는다

철썩철썩 울부짖는 파도가 오는 동안
접시에 놓인 창백한 알몸을 건드리면
초장에 단장한 몸매 호객행위 시작한다

비우고 남은 접시 바다를 삼킨 여백
손님과 주인이 감전되듯 마주보며
서로가 다른 의미로 만족 대만족이다

일치

태풍이
지나는 찰나
전화벨이 울린다
너구나
두 배로 반가운 엄마 직감
덕분에 아무 피해 없다
주고받는 귓속말

철없다
엄마는
너 앞에선 암말 못해
그래도 다 아는,
내 속을 보았으니
외롭고
어두운 곳에
네 목소리를 채운다

장마 끝

때 묻은 지구를 날마다 씻어놓고
비 오는 날 빨래한다 욕만 실컷 얻어먹고
어디로 가버렸는지 밤으로 달아났다

본래의 지구는 저런 모습이었구나
눈부시게 아름다워 때 묻을까 두려운 날
내 마음 덤으로 씻겨 어쩔 줄을 모른다

해킹

처연한
노을을 도둑맞은 날이 있네
한 여인
생을 바쳐 핏빛으로 밑줄 그은
빼앗긴 언어의 지문
나를 찾아 맴도는

혹 너였으면
얼마나 좋았을까 가슴 뛴다
남은 것 없지만 비우고도 꽉 찼을
허공에 묘비명 쓴다
죽어서도 그리운

불면 바이러스

내 잠의
사생활을
방해한 적 아무도 없다
눈 감으면 캄캄한 역
벗어나면 찔레꽃밭
수십 년 걱정 모르고
꿀을 먹듯 달콤했네

돌아오지 않는 그녀
애인처럼 기다렸다
빗나간 잠의 반란
진압하지 못했을 때
죄 없는 죄를 만들어
수의를 입히는 밤

듣지 못할 발음으로
해마는 어지럽고
눈 먼 그리움이

신열로 피어났다

허기가 뱃속에 들어

염치없이 품고 자네

숙제 1

돌 하나
얹고 사는 기운 추의 나이
몇 날을 벼른
붉은 끝물 고추를 모두 땄다
까마귀 깍깍 소리에도
구순 노모 기별인 듯

숙제 2

밤 아홉시와 열시 사이
근심 반 외로움 반
잠잘 때도 아닌 시각
깨어있으나 흐린 시야
찻물을 뜨겁게 우려
부정치듯 마신다

볼일 없네 쓸모 없네 그런 생각 하다가도
차 한잔 마시고나면 괜찮아 고마워
찻물도 알코올 도수 있나 동굴 가득 행복이다

숙제 3
— 시동생 영전에

장하여라
무거운 짐 가볍게 내려놓고
공기마저 뱉어버린 제 것만 갖고 간다
날마다 숙제 숙제하기
오늘 아침 다 끝냈다

사랑을 잃고 사랑을 찾아
어젯밤도 헤맸는가
그 사람 있는 곳 이제야 알아내고
그리운 아내 만나러
떠났다는 소식 듣네

숙제 4
— 김장

한 해 농사를 잘 포장한 종합 선물세트
고추 파 마늘 무… 살을 빚어 만든 작품
통마다 가득 채워서 떠날 사람 떠났다

전시회 끝난 벽처럼 적막한 가슴 한 켠
빈방에 우두커니 어둠으로 갇히는 밤
몸에게 묻지도 않고 만용이 버틴 하루

몸뚱이 천근인데 마음은 깃털이다
한 차례 머릿속이 바람 빠진 풍선이다
절여둔 배추속처럼 김치 한 통 누워 있다

숙제 5
— 옛 마루에 걸터앉아

세월이 빠져나간 마룻바닥 틈 사이

바람 들고 습기 차 너도 관절 앓는구나

간간히 새소리 들려 가는귀를 붙드네

뒷산을 짊어지고 앞산을 마주 보네

욕심을 내려놓고 소중한 것 챙기라고

건강이 나를 꾸짖네 척추 삼번 저 회초리

제
5
부

화엄사 홍매

큰 법당 작은 법당 산신각 절하는데
각황전 추녀 귀퉁이 그늘이 내다보고
어디서 오셨느냐고 인사치레를 한다
먼저 온 여행객의 플래시flash 몰이에
이젤을 세워놓고 매화만 그린다는
중년의 머리 위에도 꽃그늘이 앉았다
피로한 기색 역력한 고매 허리
불그락 푸르락 산골짜기 해 짧다며
어여 가 어여 가라고 손짓하는 낙화 한 잎

연꽃이 피었습니다

진흙 속엔 오늘이 부처님 오신 날
만 평 못물 위에 연등이 내걸렸다
단청도 풍경 소리도
물에 잠긴 절집 한 채

척추를 곧추세워 새벽부터 일어나
어둠을 밀어올린 해맑은 염화미소
누추한 생의 전부가
꽃물 드는 이 순간

봄꽃 다 지고나면 여름 한 철 탁발한
웃음 한 잎 사랑 한 줌 저장해둔 연자방
부처님 공양밥이다
배부른 그리움이다

나무와 스님

전생의 아내라도 우연히 만난 듯
나무와 스님이 한 몸처럼 끌어안고
아무도 바랄 수 없는 만삭의 꿈을 꾼다

삼월이 입덧하듯 분홍 물 토해내고
버들이 몸을 푸는 경이로운 새 아침
이승의 우리 사랑이 연리목이 되는 날

소백산 장독 스님

머리에 새하얀 눈 뒤집어 쓰시고
맨살의 안거 중에 처음 뵈었지요
놀라운 정신력으로 소백산을 제압하던
세월이 흘러 비바람 막을 집을 얻어
빛나는 대머리 줄지어 앉은 모습
발효의 기도 정진은 어떠한지 궁금합니다
간장 된장 고추장의 묵언 수행은
신도님의 입맛이지 눈밭과 무관하지만
절절한 구도승의 모습 눈앞에 선합니다

계곡 소묘

이산 저산 물길이 만나는
삼복 날
장마에 눅눅한 몸 말리는
와불들
그늘에 쭈그리고 앉아 귀를 씻는
물매미

지구를 먹으려고 포효하는
태양
겁 없이 큰 소리로 외치는
물소리
이 또한 지나가리라 숲속에서
뻐꾹

숨 고르는 틈새로 한 눈금 내려앉는
재빨리 하산을 서두르는 산 그림자
제 할일 다 했다는 듯 몸을 푸는
물소리

멍 하다

생각하고 생각해도 생각이 사라진 날
뉘엿뉘엿 해는 지고 결정을 해야 한다
어둠에 멱살 잡힌 채 나를 찾아 헤매는 중

산마루 걸린 구름 해 지자 간데없고
보다 못한 바람이 골을 쓸듯 달려와서
불현듯 멍석말이로 온 몸을 후려친다

연꽃 부처

칠십 년쯤 살아봐야 진흙 속에 발 못 빼는
오금 저린 발바닥 굳은살로 사는지
연꽃이 피고 나서야 여백을 채우는 향

천상 향한 맑은 꽃대 열렸다가 맺히는 날
선 채로 열반에 든 천년 번뇌 익은 사리
귀 밝은 바람이 숨어 저 설법 듣고 있다

밑바닥 헤매이다 바람 잡고 일어선
한 생을 다 바쳐도 햇살 한 줌 �® 적 없는
구멍 난 저 관절마다 뼈와 살로 보시한다

2020년 봄

코로나에 발이 묶인
죄인 같은 한나절
내 곁엔 아무도 없고 온전히
하나의 섬
가끔씩
이런 유배라면 혼자라서 행복하다

돌림병은
봄을 타고
산불처럼 번지는데
햇살은 툇마루에 주인처럼 빈둥댄다
민초들 가벼운 이름
무뎌지는 삶의 변방

내원사

낯선 절집 뎅그랑 손님 왔다 풍경이 운다
복수초 노란 신발 아장아장 반겨주고
물 한입 공양을 받고 대웅전에 엎드린다

천성산 뚫린 터널 한 스님 생각난다
몸 공부 마음 공부 미물도 귀한 생명
삶의 길 열어주려고 삼백 여일 단식하던

지나가는 바람도 스님 독경 듣다보면
골기와 지붕에 피어오른 화엄 세상
산그늘 장삼자락이 참배객을 배웅한다

귀뚜라미에게

내가 졌다
쌍벽이란 말을 지운다
팽팽한 객기를 내려놓은 이 편안함
남은 밤
모두 드릴께
목이 터져도 책임 못짐

버린 시를 주워서
함부로 작곡 말라
두고 갈 시 한편 신내리 듯 내게 오면
그때사
뛰는 심장 하나
울음 곁에 두고 갈게

유배

몰래 숨어 도청盜聽의 죄를 짓는 파리 한 마리
쫓아낼 때 입 다물고 조용히 물렀거라
그렇게 타일렀건만 간신의 피 못 속인다

서포도 김구도 여기에 묻혔으니
억울한 죽음들이 죄인보다 많은 남해
그 중에 스스로 택한 죄인 중의 죄인이다

곤장을 맞고도 죽지 않고 살아난다
죄인에게 휘둘려 꼼짝없이 모셔왔네
이 절벽 낭떠러지에 너를 위리안치 한다

절연

하늘 땅 포개어도 선 자리 몇 뼘인가
삶을 짊어지고 들락날락 삭힌 등뼈
빈 초토焦土 흜는 고백을 신은 마냥 아는가

꿈 아님 뵐 리 없는 별을 저민 네 눈동자
뉘 영혼의 주인인가 저승보다 먼 허공
알아도 모른 척 사는 내 의미를 아는가

숨어살 듯 에워싼 골
허공도 우는 적막
내 허구 쓰다듬는
바람에도 정이 깊어
차라리 사랑을 아껴
고백마저 삼키는가

칡, 너, 죽었다

그해 겨울 낫과 괭이 노후된 무기로
지원군 하나 없이 전쟁을 선포했네
포진된 적군의 전략을 까맣게 모른 채

시간이 지날수록 기세는 무너지고
영하의 악조건 항복이 코앞에 있네
그래도 나아가야하네 햇차 맛을 지키려면

몇 해 째 눈치 보며 휴전인가 협상인가
내 몫이 적었지만 반반으로 나누다가
올해는 다 빼앗기고 남의 차밭 전전하네

가을 소

빈 어깨 멍에를 짊어지고
이랴이랴
사라진 늙은 소가 그리울 때가 있다
사람이 소가되는 날
개벽이 토해낸
흙!

붉게 물든 고구마 밭
나를 바꾼 어혈이다
도굴된 알몸들이 가을볕을 쬐고 앉아
탈진한 하루치의 소를
도둑인양 포위한다

흙의 본성을 채굴하는
생태미학적 사유세계

김복근

한국문협 자문위원 · 문학박사

　우리는 흙과 함께 살아왔다. 농작물을 재배하고 이용하면서 자연과 어울려 농경생활을 했다. 자연의 순환을 이용하면서 때로는 자연의 재난에 대응하면서 흙과 더불어 살아왔다. 흙을 단순히 먹을 것을 제공하는 농경지로만 인식하는 것이 아니라 우리가 태어나고, 우리가 돌아가야 할 숙명적인 뿌리로 수용했다. 흙을 일구고, 흙에서 먹거리를 마련하고, 흙으로 지은 집에서 살아온 우리에게 흙은 어머니와 같이 따뜻한 존재였다. 삶의 중심이자 생활의 터전이며, 사유의 근원이었다. 땅을 얻는 것은 재물과 복을 받는 일이며, 땅을 잃는 것은 삶의 한 부분을 잃어버리는 것과 다름없이 생각했다. 흙은 오랜 세월 우리 문화와 밀접하게 관계했으며, 절대적 힘을 가진 삶과 생존의 근간이 됐다. 우리는 흙을 떠나서 살 수 없으며, 흙과 친화하고 흙과 함께 하는 삶을 희구하면서 살아왔다. 흙은 마음의 고향이요, 조상의 피와 땀이 섞인 삶의 뿌리이며, 본래면목에 대한 기본이 됐다. 우리의 삶과 사유방식은 흙에 대한 향수를 가지게 하고, 동경의 대상이 되기도 했다.

물질문화가 발달한 오늘날에도 우리는 잃어버린 흙을 되찾고, 자기가 설 땅을 가지기 위해 갈등과 고통, 수난의 과정을 거치면서 살아가고 있다. 문명화에 의해 흙에 대한 우리의 전통 사상이 위축되고, 도시화, 규격화에 의해 비인간적 속성이 깊어가고 있다. 이를 극복하기 위해 흙과 함께 하는 생활, 흙과 가까이 교류하며, 흙으로 회귀하려는 강한 욕망을 염원하면서 살게 됐다. 자연은 두려움의 대상이 되기도 하지만, 땅에 대한 근본 사상에는 사랑과 포용성이 내재되어 모성과 여성성의 근원이 됐다. 흙은 우리에게 도움을 주는 자연 친화력을 가지고 있으며, 흙을 밟고 살아야 건강하고 탈 없이 성장할 수 있게 된다.

최정남 시조를 읊조리면서 흙에 대한 사랑과 애착이 남다르다는 사실을 느끼게 된다. 2017년 그의 첫 시조집 『비상구를 찾다』를 보면서 깜짝 놀란 일이 있다. 시조의 씨알이 되는 대상의 선정에서, 다양한 상상과 폭넓은 사유체계, 세련된 문체를 보면서 축하의 메시지를 보낸 일이 뇌리에 생생하다. 이번에 그가 보여주는 흙에 대한 애착과 삶의 비경을 보면서 그의 사유체계가 얼마나 따뜻하고 융숭한가를 새삼 느끼게 된다. 생태미학적 성향이 강하게 배어나는 그의 시조를 보면서 흙의 본성과 존재에 대한 뿌리, 생존을 위한 몸부림, 「가을소」가 주는 의미로 나누어 살펴보겠다.

흙의 본성 찾기

흙은 모성이 내재된 여성성으로 상징된다. 가슴에 주검을
안고 있다가 새 생명을 잉태하면서 오랜 시간 부활을 거듭했
다. 선사 시대부터 현대에 이르기까지 인간은 흙에서 생로병
사를 체득했다. 최정남의 사유세계에서 흙은 엄마다. 흙을
보고, 어루만지며, 흙과 더불어 살아온 그의 몸에서는 흙냄새
가 배어난다. 그의 품은 언제나 넉넉하고 여유롭다. 그는 흙
을 통해 계절을 느끼고, 흙에 대한 미감으로 연둣빛 꿈을 꾼
다. 혼자 있어도 혼자 있는 것이 아니라 흙과 함께 흙의 본성
을 찾고 있다.

게으른 듯 무심한 듯 느긋함이 사려 깊다

엊그제 붓 들더니 캔버스가 꽉 찼네

맨 처음 눈을 맞출 때 가슴이 철렁하던

화실은 소통의 장소 바람과 새들 천국

밤낮으로 살펴봐도 네 붓끝 본 적 없다

진자리 덜 아문 상처 잎들로 채웠구나

소풍가듯 차려입고 연두 전시 구경간다

붙어라 그리움 기다림 서러움들아

　친구들 거기 놔두고 설렘과 바꿔온다

―「연두」 전문

　자연을 바라보는 그의 시선은 언제나 따뜻하다. 연두는 녹
색과 노랑의 중간색이다. 이른 봄, 꽃보다 아름다운 새순은
사려 깊게 돋아나면서 신선하고 편안하며 안정적인 느낌을
준다. 봄이나 초여름의 자연을 상징하며, 자연과 어린이, 새
싹을 의미한다. 땅을 사랑하는 화자는 연두에 시선이 머무르
게 된다. 연두는 '게으른 듯 무심한 듯 느긋함이 사려 깊다'
날씨가 풀리고 봄이 오는듯 하자 '붓'을 들고, '캔버스'를 가득
채운다. '화실'로 형상화된 대자연은 '소통의 장소'가 되어 '바
람과 새들'이 노니는 '천국'이 된다.

　'캔버스'를 살펴봐도 '붓끝'은 보이지 않는데, 어느 새 '진자
리 덜 아문 상처'를 '잎들로' 가득 채우며, 치유를 하게 된다.
자연의 힘은 참으로 신비롭다. 나뭇잎을 연두 물감으로 채색
한다고 했을 때, 누가 감히 그 일을 해내겠는가. 화자는 아름
다운 연두 세계를 보기 위해 나들이를 간다. '그리움 기다림
서러움', '친구들' 다 두고, '설렘'과 바꾸어 돌아오는 여유를
보여준다.

　기역자 굽은 허리 하늘을 업고 산다
　부끄럽지 않은 훈장 날마다 실전 연습

농부는 천형의 직업 뼈마디가 가르친다

속 모르는 자식들 그만해라 노래하고
외로움도 병이란 걸 저 나이 어찌 알랴
배운 것 이 짓뿐이라 손 놓으면 저승이다

늙었다고 싫다하네 섬섬옥수 바친 손길
한 생의 고해성사 자갈밭에 풀어놓고
서러운 허기 채워준 흙은 내 밥이었다

― 「늙은 농부」 전문

　최정남은 한 생애를 농부로 살아왔다. 이제 그의 '허리'는 굽어서 '하늘을 업고 산다.' 그러나 부끄러울 게 하나도 없는 당당한 모습을 보여준다. 흙과 함께 살아온 그의 삶이 진실하고 진지하기 때문이다. 그는 하루하루의 삶을 '실전 연습'하듯 살아왔다. 그러면서 '농부는 천형의 직업'임을 인식하게 된다. 오늘날 농촌은 나이든 농부들이 담당하고 있다. 이러한 현실을 화자는 자신의 초상을 통해 땅과 농부들이 처한 농촌의 현실을 특유의 서정으로 비정한다, 흙은 산화하고 농부는 노화한다. 자신의 노화보다 흙의 산화가 더 안타까운 「늙은 농부」의 속마음과 삶의 진수를 제대로 인식하지 못하는 젊은 '자식들'은 농사를 그만하라고 성화다. 엄마가 힘들게 일하는 모습이 안쓰러워하는 말임을 알고 있지만, '배운 것 이 짓뿐이라 손 놓으면 저승'이라고 강변한다. 화자는 생명을 걸고 농사일을 한다. 멀리 떨어져 있는 자식들이 어미의 이러한 마음을 어찌 알겠는가. '고해'하듯 '성사'하듯 한 생을 살아 온 화자는 '섬섬옥수'를 땅에게 바치면서 '허기'를 '채워준 흙' 이 바로 '내 밥'이었다고 강한 톤으로 증언한다.

죽순 밭 무인 아파트 기초공사 끝내고
드디어 세상 밖으로 조감도를 내밀었다
시공사 이름도 숨긴 최첨단 건설현장

날마다 층을 올려 분양이 코앞이다
자연이 보시하는 든든한 무상 아파트
동그란 방만 있어요 거품 없앤 원룸 투룸

가부좌 반지하는 벌레에게 내어주고
바람 잠든 중간층은 은밀히 분양해요
오십층 꼭대기에는 구름 햇살 세를 놓고
　　　　　　　　　　　　　　　　—「초록 아파트」 전문

최정남의 집 뒤란에는 대나무밭이 있음을 쉽게 유추할 수 있다. 대밭의 대를 보면서 대와 함께 살아온 화자는 대를 「초록 아파트」로 비유하는 놀라운 상상력을 보여준다. 봄이 오 면 죽순은 땅을 헤집고 솟아오른다. 여기서도 솟아나고 저기 서도 솟아난다. '시공사 이름'은 숨겼지만, '최첨단' 건축 설계 에 의해 '기초 공사'를 '끝내고', '조감도를 내밀었다'. 공사는 순조롭게 진행되어 한 층 한 층 쌓아올려 드디어 '분양'을 하 게 된다. 이 아파트는 '자연이 보시'를 하여 완전 '무상'으로 제공한다. 원만하게 살라며, '거품'을 없애고, '동그란 방만' 지어놨다.

대는 한 때 농가소득의 큰 자원이었다. 농가의 생활용구를 만들고, 어구와 비닐하우스용 자재, 펄프 원료, 식용 죽순 등 다각적으로 활용됐다. 사철 푸르고 곧게 자라는 성질로 인하여 지조와 절개의 상징으로 인식됐다. '대쪽같은 사람'은 불의나 부정과는 타협하지 않고, 지조를 굳게 지키는 사람을 상징한다. 한 평생 대나무를 뒤란에 둘러두고 살아온 화자는 드디어 대나무 아파트를 건축하여 분양까지 하게 된다.

'대끝에서 삼년[竿頭過三年]'이라는 속담이 있다. 역경에 처한 사람에게 참고 견디라고 격려할 때 사용하는 말이다. 「초록 아파트」를 건축한 화자는 '가부좌 반지하는 벌레에게 내어주고', '중간층은 은밀'하게 분양하겠다고 한다. '벌레'는 어려운 사람에게, 은밀히 분양하는 중간층은 로얄층 분양을 야유하는 알레고리로 볼 수 있다. 오십층 꼭대기에는' 지기地氣를 천기天氣에 연결하여 '구름 햇살'에게 세를 놓겠다고 했다. 저 아름다운 「초록 아파트」 한 층을 분양받아 둥글게 살고 싶은 마음이 절로 생긴다. 거듭 읊조리고 싶은 생태여성주의 계열의 참신한 메타포다.

'자연에 맡긴 내진 설계 요새 중의 요새'에서 '세상은 변하는데 고집은 대쪽 같고/ 집 한 채 못 올리는 곤궁한 살림'(「죽순 장사」)을 살던 화자는 '산적 생선전 문어 오려 장식하고/ 달마다 찾아오는 기제사 봉헌하다'(「종부 자서」) '물에 잠겨 수십 년 한 생애 비에 젖어/ 하루도 빠지지 않고 생살을 내'

(「나무의 지문」)준다. '목숨 건 심폐소생술 일어서는 집 한
채'를 보며, '기울어진 몸속에 청춘을 숨겨놓고/ 불볕에 타오
르는 질긴 생을 이어놓고/ 풀 하나 뽑은 자리에 남은 세포'
(「폐가」)를 '이식'하며, '콩 잎이 노랗게 물들면/ 씨 한톨 묻는
행복'(「실새삼」)을 느끼면서 주술적 샤머니즘적 생태관을 보
여주기도 한다.

존재에 대한 뿌리

인간은 자신의 존재 의미를 유추하며 살아가기 마련이다.
지상에 존재하는 모든 것은 생명을 가지고 있으며, 존재에 대
한 근원적인 물음에 대해 해법을 모색한다. 나는 누구인가.
나는 왜 살고 있는가. 명쾌하게 해법을 제시하기 어려운 질
문이지만, 우리는 자신의 삶을 치열하게 추구하면서 스스로
의 본성을 돌아보며, 존재론적 두려움과 자기 구원에 대해 꿈
꾸듯 몽상하듯 살아간다.

내 젊음
송두리째 빼앗긴 적이 있네
별을 보듯 너를 흠모한
운명 같은 밤이 있네
모든 걸
다 바치고도
지워야 하는 슬픔이 있네

지난 가을
켜켜이 벗어놓은 낙엽 위에
물기가 남아있는
네 살갗을 포갠다
마당이
온기를 끌어안고
꽃잎 놓아 주지 않네

한 남자의 연인으로
뜨겁게 살다가네
한 여인의 그리움이
낙화로 쌓여지고
스님의
다비장 같은
저 거룩한
불꽃놀이

— 「꽃잎을 쓸며」 전문

인간은 지난 삶을 돌아보면서 살아가기 마련이다. 「꽃잎을
쓸며」는 존재에 대한 의미를 화자 특유의 따뜻한 시안詩眼으
로 돌아보는 서정시조다. 우리는 젊음의 뒤안길에서 한 때,
무엇에 홀린 듯이 보낸 세월이 있다.

'별을 보듯 너를 흠모한/ 운명 같은 밤'에 '모든 걸/ 다 바치
고도/ 지워야 하는 슬픔이 있었다.' '지난 가을'은 지나간 젊
음을, '켜켜이 벗어놓은 낙엽'은 지금까지 살아온 삶의 무늬
로 유추할 수 있으며, '물기가 남아있는/ 네 살갗을 포갠다'는

말은 지난 삶에 대한 연민을 표출하는 것에 다름없다. 그리하여 '마당이/ 온기를 끌어안고/ 꽃잎(을) 놓아 주지 않는다.' 3수에서는 드디어 '한 남자의 연인으로/ 뜨겁게 살(았)다'고 고해하듯 본심을 드러낸다. '한 여인의 그리움이/ 낙화로 쌓여지고/ 스님의/ 다비장 같은/ 저 거룩한/ 불꽃놀이'는 자신의 삶을 돌아보며, '꽃잎'으로 승화된 자신의 삶에 대한 진면목을 보여준다. 인간은 꿈을 먹고 사는 존재라는 사실을 실증적으로 보여주는 가편이다.

> 자갈밭 출석부에 호미 날로 서명하고
> 누대를 같은 자세 퍼질러 앉아본다
> 햇살은 제 살을 먹고 질식하듯 늘어졌다
>
> 살자고 하는 짓이 잡초 뽑아 거두는 일
> 선택은 내 몫 아닌 원초의 방식일 뿐
> 그늘진 목주름 펴며 나간 영혼을 챙긴다
>
> 시든 잡초 풀린 다리 휴전을 협상하고
> 모반에 들지 않고 휘청휘청 일어선다
> 한 마리 눈먼 땅거미가 나를 끌고 귀가하는
>
> ─「귀가」 전문

수백만 년 전 지구상에 인간이 처음 출현하였을 때는 생태계의 일원으로서 자연의 지배를 받으며 살았다. 자신이 살아가는 원시문화 속에서 자연에 대한 경외 사상은 절대적이었다. 그러나 유목 생활을 끝내고 농경과 목축을 하기 시작하면서 인간은 자연에 대한 이해와 질서에 순응하면서 자연의 일부가 되어 자연과 조화를 이루며 살아왔다. 농경 사회로 말미암아 인구는 증가되고 도시화가 이루어졌다. 인간의 자연에 대한 과학적 이해가 축적된 결과 인간은 과학 혁명을 이루었으며, 기술의 발달과 함께 산업혁명을 하게 된다.

인간은 살아남기 위하여 자연을 개발한다는 미명으로 엄청난 자연의 개조를 수반했고, 불의 발견은 자연 파괴를 가속시켰다. 인구가 늘어가고 인간 활동이 확대됨에 따라 자연 파괴의 범위도 넓어져 갔다. 그 결과 인간이 자연을 지배하면서 지구의 자원은 고갈되기 시작하였고, 자연은 파괴되어 오히려 인간이 자연에 지배당하는 시대가 도래하게 되었다.

최정남은 「귀가」에서 '자갈밭 출석부에 호미날로 서명하고/ 누대를 같은 자세 퍼질러 앉아본다'. '햇살은 제 살을 먹고 질식하듯 늘어졌다'. 내가 '살자고 하는 짓이 잡초 뽑아 거두는 일'이라니, 나를 위해 잡초의 생명쯤은 함부로 해야 하는 화자는 생태 의식에 대한 불화를 보여준다. '선택은 내 몫 아닌 원초의 방식일 뿐/ 그늘진 목주름 펴며 나간 영혼을 챙긴다'. 생명에 대한 존재를 함부로 함에 대한 민망함으로 '시든 잡초 풀린 다리'와 '휴전을 협상'한다. 자아를 위해 타자를 살해해야 하는 아픔에 '모반'을 뿌리치고, '한 마리 눈먼 땅거미'와 함께 '나를 끌고 귀가하는' 모습을 표출한다. 화자의 생태 사상은 「전어회를 먹다」에 오면 더욱 가열해진다.

회를 먹으면 잠시 죄짓는 기분이다
알에서 갓 나와 겨우 눈뜬 어린것을
어두운 동굴 속으로 자꾸만 밀어 넣는다

철썩철썩 울부짖는 파도가 오는 동안
접시에 놓인 창백한 알몸을 건드리면
초장에 단장한 몸매 호객행위 시작한다

비우고 남은 접시 바다를 삼킨 여백
손님과 주인이 감전되듯 마주보며
서로가 다른 의미로 만족 대만족이다

—「전어회를 먹다」 전문

　그렇다. 우리는 '회를 먹으면 잠시 죄짓는 기분'이 된다. 살아있는 목숨을 주검으로 만들어 그를 씹고 있는 기분이란 의식있는 사람이라면 민망할 수밖에 없다. 생태적 인식을 가진 시조인의 입장에서는 더욱 수용하기 어려운 현실이다.

　생명이란 거칠게 말해서 살아있음이다. 모든 생명체는 스스로 삶의 중심체이다. 하나의 생명체는 다른 생명체와의 관계 속에서 다양성을 실현해간다. 이를 통해 상호 의존 체계의 일부로 존재하는 것이다. 이런 생명체의 특성상 생명 활동의 갈등과 충돌은 생명체 자체의 목적을 실현하는 과정에서 극적으로 발생한다. 생명 자체의 목적을 실현하는 과정은 다른 생명체와의 목숨을 건 끊임없는 투쟁의 연속이라 할 것이다.

　자신의 삶을 위해 '알에서 갓 나와 겨우 눈뜬 어린 것을/ 어두운 동굴 속으로 자꾸만 밀어 넣는' 행위는 인간이 살아가기 위한 행위이지만, 민망하기 짝이 없다. 그러나 그것도 잠시 '파도' 소리와 함께 '접시에 놓인 창백한 알몸'은 '단장한 몸매' 로 '호객행위'를 '시작한다'. 드디어 빈 '접시'는 '바다를 삼킨 여백'이 되어 '서로가 다른 의미로 만족'한다며 역설적으로 종결한다.

「전어회를 먹다」는 인간의 생명은 다른 생명과의 상호관 계 속에서 파악하지 않으면 안되는 상호보완적 관계임을 알 려준다. 자연은 공생을 원칙으로 질서를 잡아간다. 이러한 인식은 자연계의 모든 사물에 생명이 있다는 사유방식을 전 제로 한다. 자연은 신의 섭리로 이루어지고, 그 속에서 생명 활동을 함으로써 삶의 가치와 의의를 발견하게 된다. 그러나 과학적 인식은 지식을 매개로 이루어지는 사고방식이다. 자 연에서 배우는 것 역시 자연을 보다 효율적으로 사용하기 위 한 인간 중심의 사고가 작용하는 것으로 볼 수 있다.

세월이 빠져나간 마룻바닥 틈 사이

바람 들고 습기 차 너도 관절 앓는구나

간간히 새소리 들려 가는귀를 붙드네

뒷산을 짊어지고 앞산을 마주 보네

욕심을 내려놓고 소중한 것 챙기라고

건강이 나를 꾸짖네 척추 삼번 저 회초리
　　　　　　 —「숙제 5—옛 마루에 걸터앉아」 전문

　인간의 삶은 미제이고, 영원한 숙제다. 숙제의 사전적 해석은 옛날 서당이나 학당에서 시회를 열기 전에 미리 시나 글의 제목을 내어주는 것을 의미하지만, 학교 교육제도가 생기면서부터 선생님이 내주는 과제물을 의미하게 됐다. 이를 최정남 시조인은 일상생활을 하면서 두고두고 생각해볼 문젯거리나 해결을 요하는 문제를 가리키는 말로 사용한다.

　「숙제 5—옛 마루에 걸터앉아」에서 화자는 '세월이 빠져나간 마룻바닥 틈 사이/ 바람 들고 습기 차 너도 관절 앓는구나'라고 탄식하면서 '욕심을 내려놓고 소중한 것 챙기라고/ 건강이 나를 꾸짖'는다고 한다. 심지어 '척추 삼번'이 '회초리'를 맞아 아프다는 사실을 풀어놓기도 한다.

　숙제에 대한 이런 생각은 '끝물 고추를' 따다가 '구순 노모 기별'(「숙제 1」)을 듣기도 하고, '밤 아홉시와 열시 사이', '찻물을 뜨겁게 우려/ 부정치듯 마신다'.(「숙제 2」) '무거운 짐 가볍게 내려놓고' 떠나간 '시동생'에게 '숙제'를 끝내고 '그리운 아내'를 만나러 떠났으니 장한 일 하였다고 자조하듯 푸념하기도 한다.(「숙제 3」) 최정남은 죽음을 영원한 숙제로 사유한다. 이러한 사실은 '전시회 끝난 벽처럼 적막한 가슴 한켠/ 빈 방에 우두커니 어둠으로 갇히는 밤/ 몸에게 묻지도 않고 만용이 버틴 하루'로 변용되어 '절여둔 배추속처럼'(「숙제

4)) 절여져 아직도 숙제를 못한 사람처럼 마음이 허허롭다.

인간 중심의 삶에 대해 회의를 느끼며, 생태적 사유를 노래하는 시조인은 '때 묻은 지구를 날마다 씻어놓고/ 비오는 날 빨래'(「장마 끝」)를 하기도 하고, '젖 달라 보채듯이 찔레꽃 속 파고들면/ 가슴속 가시덤불 숨기고 웃는 모습/ 불은 젖 내어주'(「오월의 젖무덤」)기도 한다. 간혹이겠지만 '처연한/ 노을을 도둑맞은 날' 나를 찾아 맴돌기도 하고, '죽어서도 그리운 '묘비명'(「해킹」)을 쓰기도 한다.

생존을 위한 몸부림

생존은 대사 작용을 하면서 움직이거나, 외부작용에 반응하며, 주어진 환경에서 생명을 이어가는 상태를 말한다. 적자생존은 생존 준비를 하여 선택된 존재만이 살아남는 것이다. 생존에 대한 대비가 되어있지 않으면 특정 상황에서 도태될 수밖에 없는 것이 생존경쟁의 현실이다. 따라서 위기를 극복할 수 있는 존재만 살아남을 수 있는 것이 실존의 현실이다.

포기도 희망도 내 몫이 아니었다
흙 한줌 움켜진 풀포기의 질긴 근성
너에게 가는 이 길이 갈대처럼 흔들렸다

슬픔과 기쁨이 한솥밥을 먹으며
한 이불 속에서 친한 척 내기를 하네
중립이 가장 힘든 일 나를 던져 지켜냈다

생살을 이간질한 상처를 용서하고
한 몸으로 살아온 탁류의 시간까지
깨끗이 나를 증명할 검진결과
"이상 없음"

— 「마지막 검진」 전문

　누가 누구를 검진하는 것인가. 의사가 화자를 검진하는 것인지. 화자가 자연을 검진하는 것인지. 그 의도를 알아내기가 쉽지않다. 그러나 여기서 누가 누구를 검진하는 것인가는 중요하지 않다. 검진은 다양한 의미를 가지기 때문에 여기서는 둘 다 포함하는 의미로 해석해도 별 문제가 되지 않는다. 검진은 자각 증상을 느끼게 되어 검진하는 경우도 있고, 자신의 건강상태를 확인하기 위해 진단 차원에서 단순하게 검진하는 경우도 있다. 어떤 경우든지 피검진자는 검진자를 찾아와서 검진을 할 수 있고, 그 결과를 기다리게 된다. 그런데 문제는 「마지막 검진」에서 검진자가 피검진자에게 "이상 없음"을 전한다. 「마지막 검진」에서 "이상없음"이라고 말하는 것은 과연 이상이 없는 것인가. 이상이 있는데도 이상이 없다고 검진결과를 말하는 것은 아닌가. 여기서 우리는 최정남 시조의 독특한 알레고리를 접하게 된다. 조금만 촘촘하게 살펴보면 이 작품은 화자의 몸을 빌어 땅의 상태를 진단하고 있음을 알 수 있다. 지금 우리가 농사를 짓는 땅이 과연 건강한가. 화자는 이 물음에 청자 스스로 답을 찾아낼 수 있도록 유도하고 있다. '생살을 이간질한 상처를 용서하고/ 한 몸으로 살아온 탁류의 시간까지/ 깨끗이 나를 증명할 검진결과', '이상 없음'은 강한 긍정으로 강한 부정을 드러내는 충격요법과 다름없다.

지금 우리의 대자연은 인간의 가혹 행위에 의해 생살이 찢겨지는 상처를 받고 있다. 질병을 발견하면 치유를 할 수 있어야 하는데, 지금 우리의 자연은 치유의 경계를 벗어나고 있다. '슬픔과 기쁨이 한 솥밥을 먹으며', '한 이불 속에서' 지내기도 했는데, 가까운 사이에서 더 큰 상처를 받게 되고, 치유할 수 없는 지경에까지 이르게 된 현실을 가슴 아프게 노래하고 있다.

> 그해 겨울 낫과 팽이 노후된 무기로
> 지원군 하나 없이 전쟁을 선포했네
> 포진된 적군의 전략을 까맣게 모른 채
>
> 시간이 지날수록 기세는 무너지고
> 영하의 악조건 항복이 코앞에 있네
> 그래도 나아가야하네 햇차 맛을 지키려면
>
> 몇 해 째 눈치 보며 휴전인가 협상인가
> 내 몫이 적었지만 반반으로 나누다가
> 올해는 다 빼앗기고 남의 차밭 전전하네
>
> ─「칡, 너, 죽었다」전문

인간이 농기구를 만들면서 흙(자연)은 파괴되기 시작했다. 그런데 이 시조에서는 낫과 괭이로 칡과 전쟁을 선포하게 된다. 칡은 산기슭 양지쪽에 나며, 햇볕을 잘 받는 곳이면 어느 곳에서나 잘 자란다. 줄기는 밧줄이나 섬유를 만들며, 꽃과 뿌리는 약재로, 뿌리는 구황식물로, 잎은 가축의 사료나 퇴비로 널리 써왔다. 한방에서는 여름에 뿌리와 꽃을 채취해서 약재로도 사용한다. 그러나 칡은 생명력이 너무 강해서 교목과 관목을 타고 올라 다른 나무를 죽이는 일도 한다. 마침 칡이 화자가 가꾸는 차나무를 공격했다. 이를 그냥 보고 있을 수 없어 「칡, 너, 죽었다」라며, 전쟁을 선포한다. 그러나 '적군의 전략을 까맣게 모른' 채, '영하의 악조건'에서 싸우다가 '항복'을 생각해 보지만, '햇차맛을 지키려면' 그냥 둘 수도 없는 싸움이다. '몇 해째 눈치'를 보며, '휴전'을 하고 '반반씩 나누다가' 드디어 올해는 다 빼앗기게 되고 '남의 차밭'을 '전전'해야 하는 안타까운 현실을 접하게 된다.

해질 무렵 지석묘 주위의 벼를 베다
잠시 일손 놓고 그 무릎에 앉았네
차가운 돌의 온기가
전율처럼 나를 읽네

엉덩이에 깔린 객귀가 따라왔나
발가벗은 칼 든 강도 오장까지 들어왔나
엎드려 살려달라고
속 욕심 다 내놨다

마지막엔 홀로인 것 대신할 수 없는 것
남은 힘 한 줌 소금을 뿌려라
하얗게 눈발 날리듯
흩어지는 생의 온기

염치도 양심도 남아있지 않을 때
총 맞은 짐승이었다 저, 문 앞 헤매다 온
어느새 잠들었던가
멀쩡하게 일어난 아침!

— 「객귀客鬼」 전문

집 밖으로 떠돌다 원혼이 된 「객귀客鬼」가 '오장'까지 들어
왔으니 예삿일이 아니다. 우리는 전통적으로 집밖에서 죽는
것을 지극히 큰 불행으로 생각했다. 객귀는 공포의 대상이다.
그가 머무는 곳은 일정하게 정해진 처소가 없기 때문에 마을
이나 거리를 방황하다가 사람이 약해지거나 비일상적인 틈
을 보이면 비집고 들어와 마음이 허한 사람의 몸을 공격하기
도 한다.

'해질 무렵 지석묘 주위'에서 '벼를 베'던 화자는 '잠시 일손'
을 놓고 '그 무릎에 앉았'는데, '차가운 돌의 온기가/ 전율처
럼' 침입하게 되어 '엉덩이에 깔린 객귀가' 들어오게 되고,
다른 병과 달리 공포를 느끼게 된다. 이를 물리치기 위해 귀
신이 두려워하고 싫어하는 '한 줌 소금을 뿌'리는 주술적 행
위를 한다. 그러나 화자는 주술적 행위를 통해 객귀를 물리치
면서 객귀도 일정한 의례를 갖추어 받들게 되면 조상이나 수

호신이 될 수 있다는 사실을 예견한다. 그리하여 염치도 양심도 남아있지 않은 '총맞은 짐승', '객귀'를 잘 다스려 '문 앞을 헤매'돌다 '아침'이 되면 '멀쩡하게 일어'난다고 했다.

밭두렁에 버려둔 폐비닐에 동티가 났다

입춘이 지나자 이상한 소문의 바람

기어이 어제 밤에는 살풀이굿을 한 모양이다

지신은 잠재우고 목신에게 비는 건가

나뭇가지 부여잡고 펄펄 뛰는 찢긴 비닐

해종일 못 떼어내는 성난 목신이여!

—「살풀이굿」 전문

농사를 짓는 사람들은 '밭두렁에 버려둔 폐비닐' 때문에 골치가 아프다. 작물 재배를 위해서는 비닐을 사용하지 않을 수 없다. 그러나 사용하고 버리는 폐비닐은 제 때에 수거되어야 하는데, 이게 잘 되지 않는다. 바람이 불면 나뭇가지에 붙어 펄럭이기도 하고, 땅 위에 방치되기도 한다. 농민들은 폐비닐을 논, 밭에 버리거나 불법소각을 하여 토양오염과 대기오염 등 생태계 파괴를 부추기고 있다. 이를 보는 시조인의 시선은 안타깝기 짝이 없다. '나뭇가지 부여잡고 펄펄 뛰는 찢긴 비닐'을 보면서 '살풀이굿'을 한다. 땅에 '동티'가 났으니, '살풀이굿'을 하긴 해야 하는데, 해종일 굿을 해도 '성난 목신'을 달래지 못해 폐비닐은 떨어지지 않는다고 한탄한다. 참으로 안타까운 일이 아닐 수 없다.

'마흔 즈음 그냥 살까 따로 살까 바람든 무/ 아이는 도토리처럼 굴러다녀 밟히고/ 숲속의 솔가시에 앉아 뻐꾸기로 울었다'(「내 안의 마을」) '선 하나로 넘친 강물/ 수장된 물귀신들/ 월이는/ 지금도 살아/ 그들을 증언'(「살아있는 월이」)한다. '인기척에 놀라 별 한 잎 떨어'지면, '단풍과 나 사이 잔영이 이어'져, 어깨를 나란히 하면 단풍물이 곱게 들(「단풍의 나이」)고, '절벽 낭떠러지에 너를 위리안치'(「유배」)하기도 한다.

시조인은 자연을 치유하기 위해 주술력을 동원한다. 「살풀이굿」을 하다가 드디어 초자연적인 존재 「2월 할만네」의 힘을 빌어 재앙을 물리치고자 한다. '붉은 흙 한 덩이 대문간에 모셔놓고/ 잡귀는 물러가고 악귀는 소멸하소/ 부뚜막 밥상 차려놓고 바람 할매'에게 두 손 모아 빌어본다. 현대의 시각에서 보면 주술은 미신적이며, 비합리적인 행위로 볼 수도 있다. 「2월 할만네」의 주문이 자연의 건강이나 흙의 안녕에 미치는 영향을 과학적으로 증명하기는 어렵다. 화자의 주술 행위 또한 원인과 결과를 객관적으로 분석하기 어렵고, 믿음에 대한 인간의 내면적 상태를 합리적으로 설명하기는 더 더욱 어렵다. 그러나 마음의 안정이나, 기대에 부응하기 위한 심리적 방어기제를 다루는 측면에서는 분명히 의미 있는 작용을 하고 있음을 볼 수 있다.

「가을 소」가 주는 의미

불가佛家에서는 소를 사람의 마음이나 본성을 의미하는 본래면목으로 보고, 소와 내가 하나 되기를 염원한다. 흙을 사랑하는 '늙은 농부' 시조인 최정남은 그가 그토록 사랑하는 흙과 함께 하기 위해 「가을 소」를 그리워하며, '흙'이 '개벽'하여 정화되기를 기원한다. 현대인은 흙내는커녕 흙을 밟을 기회마저 상실하고 있다. 의도적으로 산과 들로 찾아가지 않으면 흙을 밟을 수도 냄새를 맡을 수도 소리를 들을 수도 없다.

> 빈 어깨 멍에를 짊어지고
> 이랴이랴
> 사라진 늙은 소가 그리울 때가 있다
> 사람이 소가되는 날
> 개벽이 토해낸
> 흙!
>
> ─「가을 소」 1수

흙의 오염은 흙과 생물이 구성하는 생태계에서 미생물을 죽이고, 흙의 작은 입자까지 감염시킴으로써, 토양생태계의 기능을 잃어버리고 있다. 사실, 우리는 흙이 앓고 있는 우울증을 단순히 생태계의 파괴만으로 외면하기에는 너무 위험한 지경에 처해졌다. 흙이 제 자리를 찾기 위해 최정남 시조인은 언어의 주술력으로 흙과 인간의 본성이 회복되기를 간절하게 기구한다. 흙에 의해 잃어버린 소를 찾게 되고, 소를 통해 인간이 본성을 찾게 된다면 그야말로 의미있는 일이 아닐 수 없다. 거시적 관점에서 미시적 치밀성을 보여주며, 흙의 본성을 채굴하는 최정남 시조에서 우리는 체험에서 우러나는 생태미학적 사유세계를 음미할 수 있다.

열린/시/학/정/형/시/집 162

흙은 내 밥

초판 1쇄 인쇄일 · 2021년 05월 24일
초판 1쇄 발행일 · 2021년 06월 04일

지은이 | 최정남
펴낸이 | 노정자
펴낸곳 | 도서출판 고요아침
편   집 | 정숙희 김남규

출판 등록 2002년 8월 1일 제1-3094호
03678 서울시 서대문구 증가로 29길 12-27, 102호
전화 | 302-3194~5
팩스 | 302-3198
E-mail | goyoachim@hanmail.net
홈페이지 | www.goyoachim.net

ISBN 979-11-6724-017-0(04810)
ISBN 978-89-6039-728-6(세트)

*책 가격은 뒤표지에 표시되어 있습니다.
*지은이와 협의에 의해 인지는 생략합니다.
*잘못된 책은 교환해 드립니다.

경남문화예술진흥원
GYEONGNAM CULTURE AND ARTS FOUNDATION

* 이 시집은 경남문예진흥기금 제작비 일부를 지원받았습니다.